G. Pötter: Von Liebhabern, Toten und einem Gewinn

Gabriele Pötter

VON LIEBHABERN, TOTEN UND EINEM GEWINN

10 Geschichten,
die das Leben geschrieben haben könnte ...

Herstellung und Verlag:
Books on Demand GmbH, Norderstedt
ISBN 978-3-8391-4294-3

Die Tränen des Gekränkten
Fallen nicht daneben.
Sie fallen immer auf das Haupt
Des Schuldigen.

Leo Tolstoi
Die Macht der Finsternis.

Inhalt

OHNE SANG UND KLANG

Margit machte es sich in dem kleinen Sessel am Fenster gemütlich. Gleich würde es dort unten wieder rund gehen. Zweimal täglich erschien er auf der Baustelle und machte seinen Leuten das Leben zur Hölle. Was Margit daran so faszinierte war ganz sicher nicht das schlechte Benehmen dieses Flegels, - das kannte sie von ihrem Mann zur Genüge - als vielmehr das Verhalten von Kurt, dem Baggerfahrer. Der kletterte nämlich, sobald sein Chef erschien, eilends vom Bagger und ließ jedes böse Wort mit unterwürfiger Miene und hängenden Schultern über sich ergehen. Unfassbar, wie sich ein erwachsener Mann derart demütigen lassen konnte. Wäre sie an Kurts Stelle, sie hätte diesen ungehobelten Flegel längst in irgendeinem Schacht einbetoniert - würde sie übrigens auch gern mit ihrem Mann machen, ergäbe sich mal eine passende Gelegenheit. Aber Kurt war eben einer dieser überaus leidensfähigen Menschen. Einer, der sich ohne zu murren alles gefallen ließ. Einer, der immer und überall seinen Kopf hinhielt.

Margit sah auf die Uhr. Eigentlich müsste der Kerl jetzt gleich auftauchen. Ein Blick zum Bagger ließ jedoch erkennen, dass irgendetwas anders lief an diesem Nachmittag. Kurt wirkte gelöst, entspannt, schaufelte schwungvoll Erde, raus aus der Baugrube, rein in den Container. Immer und immer wieder.

Schläfrig rekelte Margit sich. Bemerkenswert, wie ein Mensch bei solch einer stumpfsinnigen Arbeit derart zufrieden aussehen konnte. Wär' nichts für sie, immer mit diesem lauten, dröhnenden Ding hin und her zu fahren ...

Plötzlich fuhr Margit auf. Was denn nun? Kurt verließ seinen Bagger und stieg in die Baugrube hinunter. Das an sich wäre noch nicht so ungewöhnlich, ging er doch ab und zu den anderen Bauarbeitern zur Hand. Aber seine Kollegen hatten bereits Feierabend gemacht. Was zum Teufel tat er also dort unten? Flink stand Margit auf und zog die Gardine ein Stück beiseite. Offenbar arbeitete Kurt an den Stützen, die zum Absichern der Baugrube dienten, fingerte hastig daran herum.

Derweil brach die Dämmerung herein, was Margit mit Unmut registrierte, bedeutete dies doch, ihr Göttergatte würde nicht mehr lang auf sich warten lassen. Und sie hatte wirklich keinerlei Interesse mehr an dessen nervtötenden Vorträgen über neugierige Hausfrauen – an ihm im Übrigen auch nicht mehr.

Unwillig stampfte Margit mit dem Fuß auf.

„Nun mach schon", schimpfte sie, als könne Kurt es hören, „sieh zu, dass du fertig wirst. Was immer du dort unten auch treibst, es hat bestimmt nichts Gutes zu bedeuten ..."

Im selben Moment, als hätte er verstanden, kletterte Kurt aus der Baugrube, zündete sich eine Zigarette an und schlenderte zum Bagger zurück.

Keine fünf Minuten später schritt sein Chef, wie immer mit großen, dynamischen Schritten, die Hände salopp in den Hosentaschen vergraben, auf den Bagger zu, blieb mit leicht gegrätschten Beinen stehen und wartete hoch erhobenen Hauptes, bis Kurt klein und demütig vor ihm stand.

Margit schüttelte den Kopf. Mindestens hundert Mal hatte sie diese Szene in den letzten Wochen gesehen. Das war nichts Besonderes, war langweilig. Enttäuscht wollte sie sich gerade eine interessantere Beschäftigung suchen, als die Männer plötzlich an den Rand der Baugrube traten. Kurt deutete mit der Hand auf die Stützen und sein Chef regte sich furchtbar auf, was Kurt wiederum mit einem Schulterzucken quittierte.

Margit zuckte ebenfalls die Schultern. Alles wie immer. Oder? Angestrengt starrte sie in die Dämmerung. Normalerweise wäre der Chef jetzt von dannen gezogen, aber an diesem Abend kletterte er in die Baugrube! Mit Anzughose und teuren Markenschuhen. Doch damit nicht genug, ertönte plötzlich ein dumpfes Geräusch und wie von Zauberhand gaben die Stützen nach. Große Teile der Grube stürzten ein.

Fassungslos schaute Margit zu Kurt. Irgendetwas musste er wohl unternehmen, musste seinem Chef helfen! Aber Kurt rührte keinen Finger, trat erhobenen Hauptes an die Grube, steckte die Hände in die Hosentaschen, drehte sich um und spazierte zum Bagger. In aller Seelenruhe setzte er seine Maschine in Bewegung und schaufelte Erde – vom Container in die Baugrube, immer und immer wieder ...

Als Margits Mann nach Hause kam, saßen sie mit einer Flasche Bier am Stubentisch. Grinsend stellte Margit ihren Gast vor und genoss das Entsetzen im Gesicht ihres Mannes. Es verstand sich von selbst, dass ihr Mann sich normalerweise nicht dazu herabließ, mit Baggerfahrern Bier zu trinken und selbstverständlich duldete er dieselben auch nicht in seiner guten Stube. Der Ton, in dem er Kurt bat, das Haus zu verlassen, triefte entsprechend vor Arroganz.

Kurt nahm es gelassen. Er zwinkerte Margit zu und verabschiedete sich.

Für Margit war es der schönste Abend seit langer, langer Zeit. Allein der Gedanke, ihr Leben wieder selbst in die Hand zu nehmen, ohne Bevormundungen, ohne Maßregelungen, ließ sie den nächsten Morgen in euphorischer Stimmung erwarten.

Und dann war es soweit! Ihr Mann zog seine Trainingsjacke an, band die Joggingschuhe zu und verließ, frisch und fit wie jeden Morgen, das Haus.

Margit wartete, bis sie den Motor des Baggers hörte. Dann konnte sie nichts mehr halten. Sie riss die Tür auf, stürmte hinaus und ein einziger Blick in Kurts zufriedenes Gesicht gab ihr die Bestätigung: Es hatte geklappt wie am Schnürchen. Am liebsten hätte sie die ganze Welt umarmt! Frei! Endlich frei und um mindestens zweihunderttausend Euro reicher! Es machte ihr nichts aus fünfzigtausend abzugeben, soviel war ihr die Freiheit wert. Glücklich lächelnd trat Margit an den Rand der Baugrube.

„Machs gut, mein Lieber", flüsterte sie.

Niemals hätte sie geglaubt, zu so etwas fähig zu sein. Die Skrupel, die sich ganz tief in ihrem Innersten regten, ignorierte sie einfach.

Kurt war über das Stadium derartiger Empfindungen längst hinaus. Er hatte getan, was lange fällig war. Hatte getan, was sich zwangsläufig so ergeben hatte. Dies galt zumindest für seinen Chef. Was nun den anderen Mann anging - das war eine unvorhergesehene Komplikation. Konnte vorkommen, gerade beim Bau. Die Frau allerdings ...

Nachdenklich runzelte Kurt die Stirn, schüttelte den Kopf und gab Gas.

Margit spürte einen dumpfen Schlag im Rücken, verlor das Gleichgewicht und stürzte. Ihre Hände suchten nach Halt, doch alles, was sie packen konnte, gab nach, rutschte, glitt mit ihr in die Tiefe. Der Aufprall tat entsetzlich weh, ihr Körper schmerzte. Mühsam versuchte Margit sich aufzurichten, aber immer wieder gaben die Beine nach. Dann platschte auch noch ein riesiger Schwung nasser Erde auf sie hinab, drückte ihren Körper tief in den Boden, nahm ihr die Luft zum Atmen. Sie konnte sich kaum mehr rühren und nur mit großer Anstrengung bekam Margit ihre Hände frei, sodass sie wenigstens ihren Kopf von der Erde befreien konnte. Sie wischte sich den Dreck aus den Augen, schlug die Lider auf und schaute direkt in das blutverschmierte Gesicht ihres Mannes.

Margit schrie, schrie aus Leibeskräften, schrie sich die Seele aus dem Leib. Irgendjemand musste sie hören, musste ihr zu Hilfe kommen! Sie starrte hinauf zum Rand der Baugrube, erwartungsvoll, schrie und hoffte, bis die Schaufel des Baggers über ihr auftauchte. Da wusste sie, es war vorbei. Das Letzte, was sie sah, bevor die nächste Fuhre kalter, nasser Erde gnadenlos auf sie herabprasselte, waren die starren, weit aufgerissenen Augen ihres toten Mannes.

REICHE MÄNNER

Mit einem Ruck fuhr Lisa aus dem Schlaf hoch und lauschte.

„Lisa?"

Sie starrte in die Ecke, aus der die Stimme kam und sah im Dämmerlicht einen Mann.

„Johannes?", fragte sie zögernd, „bist du das?"

„Still!", zischte der Mann, sprang zu ihr auf das Bett und presste ihr eine Hand auf den Mund. Die andere legte er um ihren Hals, wie eine Manschette, die langsam zugeschnürt wurde.

Lisa schnappte nach Luft. Sie wehrte sich verzweifelt, was den Mann aber nicht beeindruckte. Er lies ein leises Lachen hören.

„Hör` auf, du Luder", flüsterte er ihr ins Ohr, „du hast keine Chance."

Seine Lippen am Ohr, starke, kräftige Hände auf ihrer Haut, ein wohlriechendes After Shave ...

Lisas Widerstand erlosch. Leidenschaftlich schlang sie die Arme um seinen Hals, zog ihn eng an sich heran und er verstand. Seine Hände lösten sich von Mund und Hals, wanderten zielstrebig über ihren Körper, ließen keinen Zentimeter Haut aus und Lisa genoss jede Berührung. Erst jetzt wurde ihr klar, was ihr die letzten Jahre gefehlt hatte. Dieser Mann wusste, was sie brauchte! Wohlig stöhnend wand sie sich in seinen Armen.

Erst ein Geräusch aus dem Nachbarzimmer brachte sie jäh in die Realität zurück.

„Johannes, du musst gehen", flüsterte sie, während sie sich sanft aus seinen Armen löste. „Mein Mann wird gleich hereinkommen! Das macht er jeden Morgen, bevor er ins Bad geht."

Johannes brachte in Rekordzeit seine Kleidung in Ordnung,

ließ sich elegant vom Bett gleiten und ging lässig auf die Tür zu. Doch statt sich hinauszuschleichen, lehnte er sich an die Wand daneben.

„Johannes!", flüsterte Lisa aufgeregt, „geh, bitte!"

Aber es war zu spät. Die Türklinke bewegte sich und leise quietschend öffnete sich die Tür.

Wie ein kleines Mädchen zog Lisa sich die Decke über den Kopf und wartete auf ein Riesendonnerwetter. Doch nichts geschah. So lugte sie schließlich unter der Decke hervor und sah ihren Mann, der in der weit geöffneten Tür hilflos hin und her wankte. Immer wieder griff er sich an den Hals und die Geräusche, die er dabei von sich gab, gingen durch Mark und Bein. Lisa warf die Decke beiseite und sprang aus dem Bett. Aber ihre Beine versagten, sie glitt zu Boden.

Der alte Mann in der geöffneten Tür fuchtelte mit den Armen und röchelte ihren Namen.

„Nein, Johannes, nicht!", schrie Lisa, aber es war zu spät.

Etwas knackte, es war ein furchtbares Geräusch. Der alte Herr sackte zu Boden.

Johannes bückte sich, löste die Schlinge vom Hals seines Opfers, rollte sie zusammen und steckte sie in die Hosentasche.

„Du Mörder," schluchzte Lisa.

Mit zwei großen Schritten war Johannes bei Lisa und schaute mit spöttischem Lächeln auf sie hinab.

„Ja, Schatz, ist etwas anderes, wenn man dabei ist, oder? Du wirst dieses Geräusch nie wieder vergessen."

Wie ein kleines Kind krabbelte Lisa auf ihr Bett, zog fröstelnd die Decke über ihren nackten Körper und sank auf das Kopfkissen.

„Ich weiß schon, wo wir ihn verschwinden lassen", sprach

Johannes ungerührt weiter, „und deine neuen Papiere kann ich nachher abholen. Du siehst, es ist alles bestens vorbereitet. Wir müssen nur noch überlegen, wohin es diesmal gehen soll. Ich hätte ja Lust auf Mexiko und reiche Männer gibt's dort auch genug ...“

„Du Schwein!“, presste Lisa angewidert hervor, „ich hab' nicht gesagt, dass du ihn umbringen sollst.“

„Nein, Schatz, noch nicht. Aber es wäre bald wieder soweit gewesen“, erwiderte Johannes, setzte sich zu ihr auf die Bettkante und strich ihr liebevoll übers Haar. „Ich kenn' dich doch. Außerdem brauche ich dringend Geld.“

„Das hätte ich dir auch so geben können. Henry war wirklich großzügig zu mir.“

Lächelnd griff Johannes nach Lisa und zog sie zu sich heran.

„Das waren die anderen beiden auch und trotzdem wolltest du sie loswerden. Gewinnbringend versteht sich, du kleines Luder.“

„Ich hab' aber nie gesagt, dass du sie umbringen sollst!“, beharrte Lisa erbost.

„Nein, mein Schatz,“ lachte Johannes, „du hattest aber auch nichts dagegen. So und nun Schluss mit dem Geplänkel.“

Er stand auf und deutete mit dem Kopf auf den Toten.

„Fass mit an.“

Lisa wusste, sie hatte keine Wahl. So drehten sie die Leiche im Teppich ein und vergewisserten sich kurz darauf, dass niemand sie beobachtete, als sie ihr Paket im Caravan verstauten. Sie arbeiteten routiniert Hand in Hand.

„Gut, dass wir schon Übung haben,“ bemerkte Johannes spöttisch, „es geht doch immer schneller.“

Lisa verkniff sich jeden Kommentar, ging zurück ins Haus

und begann Koffer zu packen.

„Wie viel Zeit haben wir denn diesmal?", fragte Johannes, der ihr gefolgt war und sie nicht mehr aus den Augen ließ.

„Mein Mann und ich hätten gegen Mittag in der Stadt einen Termin."

„Gut, dann hole ich gleich mit meinem Auto deine neuen Papiere. Danach entsorgen wir unser Paket in der alten Kiesgrube, fahren anschließend weiter zur Bank - einen Vorschuss auf dein Erbe holen - und dann geht's ab zum Flughafen."

Lisa nickte geistesabwesend. Sie packte bereits den vierten Koffer.

„Ob überhaupt alles ins Auto passt?" fragte sie nach einer Weile, ging zu Johannes, schmiegte sich an ihn und gab ihm einen flüchtigen Kuss auf den Mund. „Am besten bringst du schon mal zwei Koffer runter und fährst los, solange ich noch packe."

Er zog sie so eng an sich, dass Lisa fast keine Luft mehr bekam.

„Eigentlich wäre mir mehr nach etwas anderem, aber dafür haben wir jetzt keine Zeit. Also dann," löste er sich von ihr und gab ihr einen leichten Klaps auf den Hintern, „auf geht's". Er nahm die Koffer und ging.

Darauf hatte Lisa gewartet. Sie eilte ins Nachbarzimmer, nahm die Pistole aus dem Nachttisch ihres Mannes, schaute nach, ob sie geladen war, lief zurück, ließ die Waffe in ihrer Umhängetasche verschwinden und packte dann völlig entspannt die letzten Koffer.

Lisa wartete schon in der Eingangshalle als Johannes

zurückkam. Lächelnd nahm sie ihre neuen Papiere in Empfang. Nun hieß sie also Margit, auch nicht schlechter als die anderen Namen. Sie würde sich daran gewöhnen, wie immer.

Guter Dinge verließ das Paar das Haus, nur als Johannes ihr am Caravan die Handtasche abnehmen wollte, fauchte Lisa ihn ungehalten an. Aber der nahm das mit Humor.

„Hast du deine Schätze darin versteckt?", witzelte er und tätschelte ihr liebevoll die Wange.

Johannes' gute Laune schwand erst an der Kiesgrube, denn es entpuppte sich als weitaus schwieriger als gedacht, das schwere Paket zu entsorgen.

„Lisa, mach jetzt, fass mal ordentlich an!" schnauzte er ungehalten, als ihm die Last beinahe aus der Hand rutschte.

„Dein Alter ist verdammt unwillig, an dem wird allmählich alles steif. Und das sogar ohne deine Hilfe!" „Johannes! Du bist unmöglich!"

Doch der amüsierte sich köstlich über seinen Witz.

„Tu nicht so unschuldig, Schatz", blinzelte er Lisa zu, „das kauft dir sowieso keiner mehr ab ..."

Lisa biss sich auf die Unterlippe, packte kräftig zu und gemeinsam beförderten sie ihr Paket schließlich hinab in den See der alten Kiesgrube.

Als sie das Platschen des Wassers hörten, rieb Johannes sich die Hände.

„Erledigt!", nickte er zufrieden und warf noch einen flüchtigen Blick hinab in die Tiefe.

„Nicht ganz", flüsterte Lisa ...

Der Schuss hallte durch die Kiesgrube.

„Leb wohl, Johannes", hauchte Lisa, als sie das Platschen

hörte. Sie wischte sich eine Träne fort und lief zum Auto.

Unzufrieden schlug ich das Buch zu. Der Schluss war nicht überzeugend. Überhaupt erschien mir alles sehr konstruiert. Vier Morde hatte ich miterlebt, drei neue Identitäten musste die Protagonistin annehmen und all das sollte ich als Leserin verarbeiten. Starker Tobak. Natürlich entschädigten die Liebesszenen für einiges, waren auch oft nicht schlecht, einige sogar erotisch. Aber ich wollte ja keinen Liebesroman, sondern einen Thriller lesen. Und dann gab es auch einige Ungereimtheiten. Angenommen, also rein hypothetisch, ich würde meinen sehr wohlhabenden und sehr anstrengenden Ehemann loswerden wollen ... Wo fände ich einen passenden Liebhaber, der diesen Auftrag ausführen würde? Also, einen Liebhaber zu finden, ist nicht schwer. Das weiß ich aus Erfahrung. Aber einen der mordet? Würde Thomas so etwas für mich tun? Oder mache ich einen Denkfehler? Vielleicht hat dieser Johannes für Geld gemordet und Lisa war für ihn nur eine nette Beigabe? Ach nein, ich glaube, irgendwie hat er sie auch geliebt. Sonst wäre er am Ende nicht ungerufen bei ihr aufgetaucht ...

Tja, Thomas ist auch oft knapp bei Kasse ... Und im Bett ist er genau wie Johannes nicht übel; ganz und gar nicht übel! Das sind schon interessante Parallelen. Aber wäre Thomas zu einem Mord fähig? Und dann ist da noch die Frage der Papiere zu klären. Woher um alles in der Welt bekommt man neue Papiere, einen neuen Namen, eine neue Identität? So etwas gibt's doch nur im Buch, im Film oder vielleicht über das Internet?

Die U-Bahn fährt ruckelnd an. Noch zwei Stationen bis zum Ziel. Mein Computer hat mir verraten, dass es im Rotlichtviertel alles gibt, was das Herz begehrt. Und Thomas hat mir vorhin im Hotel wieder versichert, dass er einfach alles für mich tun würde ...

FERTIG!

Die Küche ist erfüllt vom Duft des frischen Kaffees. Leise blubbert die Maschine vor sich hin, während sie eine Tasse vom guten Porzellan, einen Teelöffel und Kaffeesahne auf ein kleines Tablett stellt.

„Liebling, mach zu, das Wasser wird kalt", dröhnt seine sonore Stimme aus dem Badezimmer, „das kann doch, verdammt noch mal, nicht so lange dauern, mir einen Kaffee zu kochen!"

Sie zuckt zusammen, nur ein wenig, fasst sich an die gerötete, noch heiße Wange und schaut aus dem Fenster.

Die Kaffeemaschine wird lauter, saugt, schmatzt, zischt; der Kaffee wird also gleich fertig sein.

„Schatz", versucht er es schmeichelnd aus dem Bad, „wir warten sehnsüchtig auf dich, „er" und ich. Also komm endlich, ich brauche den Kaffee erst als Nachtisch!"

Den Blick in die Ferne gerichtet, sieht sie trotzdem den blauen Fleck an ihrem Unterarm vor sich, sieht die Schwellung am Schienbein, spürt noch den Tritt, den Schmerz, hört ihren Aufschrei ...

Der Kaffee riecht gut, gibt ihr ein heimeliges, beruhigendes Gefühl. Sie wird sich auch einen großen Becher kochen, nachher, wenn sie Zuhause ist. Der hier, der ist nur für ihn.

Sanft lächelnd stellt sie den Filter in die Spüle, verschließt die Thermoskanne, stellt sie auf das Tablett, legt eine Serviette dazu, strafft die Schultern, macht den Rücken gerade und geht ins Bad.

„Na endlich", murrt er, „das Wasser ist fast kalt. Also sieh zu, dass mir wieder warm wird ...."

„Dir wird gleich richtig warm", haucht sie vielversprechend, nimmt das alte Gerät vom Regal, steckt den Stecker in die Steckdose über der Wanne, stellt den Oldiesender ein und lässt das Radio fallen.

Ihr Kaffee ist fast fertig, die Maschine zischt noch ein wenig, zischt wie das Wasser in der schönen alten Badewanne, in der schönen Altbauwohnung ...

WETTLAUF GEGEN DIE ZEIT

Das Klingeln des Telefons reißt Judith aus ihrem Traum. Sie schaut auf den Wecker: 7.01 Uhr und das im Urlaub! Das konnte nur Friedhelm sein! Und wirklich ertönt fast augenblicklich dessen Stimme aus dem Nebenzimmer. Zwar bleiern und vom Anrufbeantworter etwas verzerrt, aber einwandfrei Friedhelm. Stöhnend zieht Judith sich die Decke über den Kopf. Sie wollte jetzt nicht mit ihm reden. Sie wollte überhaupt nicht mehr mit ihm reden! Sie würde sich jetzt auf die Seite drehen und weiter schlafen.

Doch kaum ist sie wieder eingenickt, klingelt das Telefon erneut und die blecherne Stimme ertönt wieder.

„Judith, ich bin's noch 'mal, Friedhelm. Ich hab' gerade erfahren, dass du Urlaub hast. Ruf' doch bitte zurück, wenn du wach bist. Bitte ...!"

Klicken, Rauschen, Stille.

„Von wegen zurückrufen", brummt Judith, „da kannst du lange warten," und zieht sich genervt die Decke über den Kopf.

Zwei Stunden später sitzt Judith frisch und ausgeruht am Frühstückstisch. Jetzt kann sie über Friedhelms Hartnäckigkeit sogar lächeln. Fünf Mal hat er angerufen und vielleicht hat er auch recht, wenn er noch mal mit ihr reden möchte. Aber nicht heute! Diesen Tag würde sie genießen, ausruhen, spazieren gehen, lesen und so weiter. Ganz sicher würde sie heute nicht mit ihrem Verflossenen über die gescheiterte Beziehung diskutieren!

Judith hat diesen Gedanken kaum abgehakt, als das Telefon wieder läutet und kurz darauf erneut Friedhelms Stimme blechern aus dem Wohnzimmer tönt.

„... mach' ich weiter, bis du endlich den Hörer abnimmst. Ich weiß, dass du Zuhause bist, dein Auto steht ja vor der Tür. Bestimmt frühstückst du gerade, ungesunde, helle Brötchen mit Marmelade und dick Butter ...“

Schuldbewusst legt Judith ihr Brötchen auf den Frühstücksteller.

„Kümmer' dich lieber um deinen eigenen Mist“, murmelt sie leise.

„... werd' dich also später noch mal anrufen“, lässt die Stimme sich überhaupt nicht beeindrucken. „Wir müssen dringend reden ...“

„Typisch Friedhelm“, schimpft Judith, „wir müssen reden, weil er ein Problem hat.“

„Judith, bitte! Du fehlst mir so sehr!“, nimmt sie zu ihrem Erstaunen, eine ganz andere Tonart aus dem Wohnzimmer wahr. Sanft, beinahe verzweifelt, hört Friedhelm sich an und setzt dann dem Ganzen die Krone auf, indem er leise sagt: „Ich liebe dich, Judith!“

Klicken, Rauschen, Stille.

Judith ist wie vor den Kopf geschlagen. Was soll der Mist? Diese Worte tun ihr weh, sind gemein und unfair.

„Ich liebe dich!“, und dann auflegen, als ob es damit getan wäre.

„Ich liebe dich!“, und schon soll sie springen, wie immer.

„Ich liebe dich!“, und alles ist vergessen, seine Launen, seine Ungerechtigkeiten, seine Gleichgültigkeit.

Tränen laufen Judith über die Wangen. Hätte er ihr nicht früher zeigen können, dass er sie liebt? Vielleicht wäre dann alles anders gekommen. Aber so ... Natürlich hängt sie noch an ihm, die Trennung ist ihr nicht leicht gefallen. Natürlich fehlt er ihr, sogar sein Gemecker und Genörgel. Und doch: Es geht nichts über ein gemütliches Frühstück, ohne angemault zu werden, ohne sich ständig anhören zu müssen, was gesund ist und was nicht. Ach, er hat selbst Schuld, soll jetzt nicht herumjammern.

„Soll er sehen, wie er ohne mich zurechtkommt", zuckt Judith die Schultern. „Unkraut vergeht nicht - der wird das schon schaffen, den haut so schnell nichts um."

Kurz darauf macht Judith einen ausgedehnten Spaziergang um die Alster. Es ist ein wundervoller Frühlingstag, mit blauem Himmel und strahlendem Sonnenschein. Schade nur, dass es ringsherum von Liebespaaren wimmelt! Judith seufzt tief. Aller Anfang ist eben schwer, auch das Singledasein - nicht nur für Friedhelm.

Der erwartet sie in Form eines Anrufs bereits, als sie wieder Zuhause ist. Weitere Liebesbeteuerungen, Bitten und Schwüre, Judith kann es nicht fassen.

„Verflixt und zugenäht, dieser elende, gemeine, hinterhältige Mistkerl!", schimpft sie aus Leibeskräften und fügt noch manch andere unflätige Titulierungen hinzu, bis das erneute Klingeln des Telefons sie jäh verstummen lässt.

„Nicht schon wieder", stöhnt sie, presst beide Hände fest auf die Ohren, geht zum Fenster und schaut in den Garten hinaus.

„Judith, bitte, nimm endlich den Hörer ab. Du bist es mir schuldig, noch einmal mit mir zu reden. Du ..." dringen die Worte wie durch Watte zu ihr.

„Sicher", murmelt sie und schaut weiterhin verbissen in den Garten, „das kannst du haben, aber nicht jetzt und nicht hier."

„... ich kann nicht ohne dich leben, bitte!"

„Blödmann", murmelt Judith und ist doch verwirrt und geschmeichelt von Friedhelms hartnäckigen Liebesbezeugungen. So hat sie ihn nie kennengelernt. Er war immer eher auf Abstand bedacht, selbstsicher, manchmal arrogant und überheblich. Nun hört es sich an, als würde er aufrichtig leiden, als wäre er todunglücklich. Zweifelnd schüttelt Judith den Kopf. Vielleicht hat er immer nur so getan, als könne ihn nichts verletzen, als stünde er über den Dingen? Was, wenn er sich etwas antun würde?

„Ach was", schiebt sie diesen Gedanken beiseite, „der doch nicht."

Trotzdem nagen die Zweifel an Judith und ihre Stimmung ist auf dem Tiefpunkt angekommen. Kurz entschlossen krabbelt sie wieder in ihr Bett, zieht die Decke über den Kopf, grübelt noch ein wenig über ihre Gefühle und ... schläft ein.

Als Judith erwacht ist es bereits 15.45 Uhr. Zwar ist sie, was ihre Gefühle angeht, nicht schlauer als vorher, doch wenigstens fühlt sie sich besser dabei. Es geht ihr sogar wieder so gut, dass sie die nächsten beiden Anrufe von Friedhelm in Ruhe abhören kann. Der Erste bringt nichts Neues und Judith spult schnell vorwärts. Doch der zweite Anruf lässt sie aufmerken. Sie spult das Band zurück und hört erneut hinein.

„... will dir nicht länger auf die Nerven fallen, es hat wohl ohnehin keinen Sinn. Ich hab' dir einen Brief in den Kasten geschmissen, vielleicht liest du wenigstens den und magst anschließend mit mir reden. Ich warte bis 16.00 Uhr Zuhause, danach ..."

Klicken, Rauschen, Stille.

Wenig später hält Judith den Brief in ihren zitternden

Händen und liest: „Liebste Judith, ich habe meinen Worten am Telefon nichts mehr hinzuzufügen, außer vielleicht ein „Leb' wohl" und „Vergiss mich nicht". Dies ist ein Abschied für immer, denn ohne Dich kann und will ich nicht leben. Ich weiß, diese Eingebung hätte ich früher haben sollen, vielleicht wäre dann vieles anders verlaufen. Wer weiß? Fest steht, ich habe viele Fehler gemacht, das ist nun nicht mehr zu ändern. Ich möchte, dass Du weißt, Dich trifft keine Schuld und es tut mir von Herzen Leid, sollte ich Dir jetzt Kummer bereiten. Egal was auch geschieht, mach' Dir bitte keine Vorwürfe! In Liebe, Dein Friedhelm!"

Mit Tränen in den Augen schaut Judith auf die Uhr: 16.19 Uhr. Sie greift zum Telefon, versucht Friedhelm zu erreichen. Doch der meldet sich nicht! Wieder und wieder liest Judith die letzten Zeilen des Briefes und ist sich sicher, dass sie einen Abschiedsbrief in den Händen hält. Sie wählt noch einmal Friedhelms Nummer, aber auch jetzt geht er nicht ans Telefon. Ist es schon zu spät, oder kann sie das drohende Unheil noch abwenden?

Bereits fünfundzwanzig Minuten später steht Judith vor Friedhelms Wohnungstür. Gut, dass sie den Schlüssel noch nicht zurückgegeben hat, so kann sie sofort in die Wohnung hinein. Judith schaut sich kurz um und stellt fest, dass alles aussieht wie immer: sauber, ordentlich, nahezu pedantisch aufgeräumt. Nichts deutet auf etwas Ungewöhnliches, geschweige denn auf einen Selbstmord, hin. Ratlos geht sie zwischen den Räumen hin und her. Was nun? Sollte sie noch einmal bei der Polizei anrufen? Hatte sich inzwischen irgendetwas an der Situation geändert? War jetzt der

Selbstmord definitiv erkennbar oder der potenzielle Selbstmörder gar präsent? Nein! Also konnte sie sich diesen Anruf schenken. Klar war, sie musste Friedhelm suchen. Aber wo? Die Stadt ist riesig und die Möglichkeiten sich umzubringen schier unbegrenzt. Hätte sie wenigstens Hilfe! Aber alle Freunde sind unterwegs, zumindest nicht erreichbar. Ihr Blick schweift durch das Wohnzimmer und bleibt an dem Poster über dem Esstisch hängen. Natürlich, dass ihr das nicht früher eingefallen ist: Friedhelms Vorliebe für große Bauwerke. Das ist die Lösung! Aber für welches würde er sich entscheiden? Nun, sie würde sie eben alle einzeln abklappern müssen!

Um kurz vor 19.00 Uhr betritt Judith ihre Wohnung, frustriert, müde und abgespannt. Natürlich führt ihr erster Weg zum Anrufbeantworter - vergebens. Kein neuer Anruf, kein neuer Brief und in der Stadt keine Spur von Friedhelm. Auch der Besuch auf dem Polizeirevier war natürlich ergebnislos. Zwar war der junge Beamte sehr freundlich und hilfsbereit, hat mit ihr ein Protokoll aufgenommen und versprochen, dass die Streifenwagenbesatzungen sich umschauen würden, aber viel Hoffnung hat er ihr nicht machen können.
„Wo kann er nur stecken?" zerbricht Judith sich den Kopf und hat die ganze Zeit das Gefühl, irgendetwas zu übersehen. Aber was? Frustriert beschließt sie, sich eine halbe Stunde in die Badewanne zu legen, vielleicht würde sie danach wieder klarer denken können.
Und tatsächlich fühlt sie sich im Nu besser, als sie sich im Schaum zurücklehnt und für eine Weile die Augen schließt. Das Rauschen des einlaufenden Wassers beruhigt ihre

Nerven und sie nickt sogar ein wenig ein, bis ein altbekanntes Geräusch sie jäh in die Gegenwart zurückholt. Das Telefon! Das Telefon klingelt, laut, fordernd und schon viel zu schnell setzt sich wieder der Anrufbeantworter in Betrieb.

Judith springt aus der Wanne, wirft sich ein Handtuch um, läuft ins Wohnzimmer und reißt den Hörer hoch. Aber es ist zu spät. Aufgelegt. Mit zitternden Händen drückt sie den Wiedergabeknopf und lauscht, vor Aufregung zitternd.

„Judith, ich bin's doch noch 'mal. Ich hatte so sehr gehofft, du würdest endlich den Hörer abnehmen, endlich mit mir reden. Aber gut, du willst mir keine Chance mehr geben. Weißt du wirklich nicht, wie verzweifelt, wie unglücklich ich bin? Ich steh` gerade dort, wo wir uns kennengelernt haben - erinnerst du dich? - kurz vor der Köhlbrandbrücke. In genau dreißig Minuten werde ich hinauffahren, bis zur Mitte, dorthin, wo man die herrliche Aussicht über Elbe und Hafen hat. Genau an dieser Stelle werde ich anhalten, aussteigen und springen. Ich weiß, dass du jetzt Zuhause bist, dass du mich hörst und du weißt, dass du die Einzige bist, die mich davon abhalten kann. Mein Leben liegt jetzt in deinen Händen."

Klicken, Rauschen, Stille.

Judith stöhnt auf. Natürlich, das war es: die Köhlbrandbrücke! Warum war ihr das nicht von allein eingefallen? Sie schmeißt ihr Handtuch fort, rennt ins Schlafzimmer, schlüpft in Jeans und Pullover, sucht ihren Autoschlüssel, rennt los und ahnt doch bereits, dass sie keine Chance mehr hat, es noch rechtzeitig zu schaffen.

Rücksichtslos quält Judith sich durch den dichten Verkehr, ignoriert nahezu jede Verkehrsregel. Sie rast über die Straßen und kommt doch nur schleppend vorwärts. Bremsen,

Vollgas, rote Ampeln, ausweichen, Spurwechsel und so weiter und so weiter. Es scheint ein aussichtsloser Kampf gegen die Zeit und dann das Unausweichliche: Bremsen quietschen, ein harter Aufprall, ihr Wagen dreht sich um die eigene Achse. Aus, alles vorbei! Resigniert legt Judith ihren Kopf auf das Lenkrad und schluchzend lässt sie ihren Tränen freien Lauf. Sie hat den Wettlauf gegen die Zeit verloren!

Fast eineinhalb Stunden später steht Judith immer noch auf der Brücke, neben Friedhelms Wagen. Die Polizisten geben sich Mühe nett zu sein, versuchen sogar, sie ein wenig zu trösten und doch spricht aus jedem ihrer Handgriffe, jedem ihrer Worte, die Routine. Sie machen ihren Job, ein Selbstmord ist nichts Neues, nichts Besonderes mehr, gehört für sie fast zum Alltag.
Einer der Beamten nimmt Judiths Aussage auf, erhält mittendrin die Meldung, die Leiche sei gefunden worden. Er verfrachtet Judith in einen Streifenwagen, fährt mit ihr zum Fundort. Sie soll Friedhelm identifizieren, gleich an Ort und Stelle, ist schließlich egal, wo sie es macht und wenn sie schon 'mal da ist ...

Nie wird Judith den Anblick vergessen. Es war, als würden Friedhelms Augen vorwurfsvoll fragen: „Wo bist du gewesen, warum warst du nicht da?"
Nie wird sie Friedhelms letzte Worte vergessen: „Mein Leben liegt in deinen Händen."
Nie wird sie die schreckliche Fahrt durch Hamburg vergessen, die Angst im Nacken, sie könnte zu spät kommen.
Nein, es war nicht ihre Schuld! Es war eine Verkettung

unglücklicher Umstände. Hätte sie nicht gebadet, wäre nicht so viel Verkehr gewesen, wären nicht alle Ampeln rot gewesen, hätte sie nicht den Unfall gehabt ...

Ein halbes Jahr später hat Judith eine stattliche Sammlung kleiner Zeitungsausschnitte beisammen, Artikel über Selbstmorde oder Selbstmordversuche in und um Hamburg. Sprünge von Hochhäusern, von Brücken, von Türmen; Sprünge vor Züge; Selbstmord durch Erhängen, durch Tabletten, durch Erschießen, durch Verbrennen, durch Vergiftung. Der Fantasie Lebensmüder scheint keine Grenzen gesetzt. Inzwischen hat Judith auch Statistiken gesehen. Sie weiß jetzt, dass in Hamburg ein Selbstmord zum Alltag gehört. Weiß, dass mehr Männer als Frauen Selbstmord begehen, dass oft Beziehungsprobleme hinter diesen Verzweiflungstaten stecken. Sie weiß, dass sie auf die Frage: „Hätte ich es verhindern können?" niemals eine Antwort finden wird und, dass sie mit diesem Gefühl der Ohnmacht wird leben müssen; leben, in einer Stadt, in der diese Geschehnisse nichts anderes bedeuten, als ein weiteres kleines, persönliches Drama an einem ganz gewöhnlichen Alltag.

LIEBHABEREI

„Kommen Sie herein", winkt mein Chef mir zu und deutet mit einer beiläufigen Geste auf die beiden Stühle vor dem wuchtigen Schreibtisch, „nehmen Sie Platz. Ich bin gleich für Sie da."

Ich zögere, will diese Unterredung nicht.

Trotzdem lümmele ich mich betont lässig in einen der Polsterstühle und schaue mich gelangweilt in dem geschmackvoll eingerichteten Raum um. Besonders fesseln mich einige Statuen, die exotisch anmutend, mit viel Liebe fürs Detail kreiert scheinen. Die Offenheit ihrer Darstellungen berühren mich unangenehm. Kein Wunder, dass bei derlei Obszönitäten die wildesten Gerüchte im Institut kursieren. Man munkelt über gewisse Vorlieben des Chefs ...

„So, Herr Horn, nun zu Ihnen", reißt derselbe mich aus meinen Gedanken. „Sie wissen, warum ich Sie hergebeten habe?"

Ich nicke, obwohl „wissen" eigentlich zu viel gesagt ist.

„Gut. Dann wollen wir diese unerfreuliche Angelegenheit hinter uns bringen. Darf ich Ihnen etwas anbieten? Kaffee, Mineralwasser ...?"

Ich lehne ab; hatte nicht vor, mich lange aufzuhalten. Ich würde mir die Standpauke anhören, Besserung geloben und dann nichts wie weg.

„Dann machen wir's kurz: Ihre Papiere liegen im Vorzimmer. Ihr Gehalt werden Sie bis Ende des Monats weiterbeziehen. Sie sind ab sofort beurlaubt."

Rums! Das hat gesessen! Gefeuert, ich... Das konnte doch nur ein Scherz sein! Was soll ich ohne meinen Job anfangen? Sofort denke ich an mein neues Cabriolet, die große Wohnung, an Bianca ...

„Lieber Horn", schüttelt mein Chef bedauernd den Kopf,

„ich hoffe, Sie suchen die Schuld jetzt nicht bei mir ...“

Dieser scheinheilige Kerl! Rammt mir kalt lächelnd das Messer in die Brust und lächelt wie ein Unschuldslamm.

„Nun denn“, fährt er, durch mein Schweigen scheinbar irritiert, zögernd fort. „Lassen Sie sich versichern, lieber Herr Horn, dass ich diese Entwicklung außerordentlich bedaure. Sie wissen, wie sehr ich Ihre Arbeit geschätzt habe. Aber Sie kennen die Regeln: keine persönlichen Beziehungen zu den Patienten.“

So ein verlogener Moralapostel! Ich lehne mich zurück, schlage die Beine übereinander, verschränke die Arme vor der Brust und warte ab, was er noch auf Lager hat.

Seufzend stemmt mein Chef sich aus dem ledernen Sessel hoch, kommt schwerfällig - den üppigen Bauch vor sich herschiebend - um den protzigen Schreibtisch herum und legt mir väterlich die Hand auf die Schulter.

„Sehen Sie, mein Junge, Ihre Kontakte zu den Patientinnen gehen weit über das normale Maß hinaus – sehr weit. Und ich habe Sie mehrfach verwarnen lassen, oder?“

Widerwillig straffe ich meine Schultern. Wenn der nicht gleich die Hand herunternimmt, werde ich mich vergessen!

Er scheint zu verstehen, entfernt sich, setzt sich auf die Schreibtischkante und eine Weile mustern wir uns schweigend. Schließlich, da ich keinerlei Anstalten mache, mich in irgendeiner Weise zu äußern, ergreift mein Chef in deutlich gereiztem Ton wieder das Wort.

„Sehen Sie, Horn, Ihr Verhalten lässt sich mit den moralischen Prinzipien unseres Hauses nicht vereinbaren.“

Von wegen moralische Prinzipien, du widerlicher Heuchler!

„... die Leute reden, wir haben einen Ruf zu verlieren ...“

Zweifelsohne, mein Lieber. Solltest du auch mal dran denken!

„... Gerüchte schaden unserem Hause ...“

Nicht nur unserem Hause ...

Mein Chef redet unaufhaltsam weiter. Ich höre kaum noch hin, schaue zu der größten Statue hinüber. Ein Kind, ein dicker Mann, eine eindeutige Situation. So sieht es für mich aus. Dazu brauche ich nicht viel Fantasie. Eine befremdliche Art von Kunst, wohl eher etwas für „Liebhaber“ ...

„Wenn ich dann nichts mehr für Sie tun kann ... “, dringen die Worte meines Chefs wieder in mein Bewusstsein, „sollten wir unser Gespräch beenden.“

Ein feuchtwarmer Händedruck und ehe ich mich versehe, stehe ich im Vorzimmer; wütend, hilflos, ohne Job und vermutlich auch bald ohne Auto, ohne Wohnung, ohne Freundin.

Aber wenn ich schon untergehe, dann nicht allein, du arroganter Pinsel!

Ich gehe nicht sofort nach Hause, sondern packe in aller Ruhe meine Sachen, verabschiede mich von meinen Kollegen und von der einen oder anderen lieb gewonnenen Patientin. Ich nehme mir alle Zeit der Welt zum Klönen, Plaudern und ganz besonders zum Tratschen ...

... und kann mich knapp drei Monate später riesig über den Erfolg meiner Bemühungen freuen! Denn er hat das Institut verlassen – müssen. Dem leitenden Gremium waren diverse Gerüchte über sein Privatleben zu Ohren gekommen, insbesondere über bestimmte abartige Neigungen. Gerüchte, die sich mit den moralischen Prinzipien des Instituts nicht vereinbaren ließen. Gerüchte, die dem guten Ruf des Instituts nachhaltig hätten schaden können ...

SPÄTE EINSICHTEN

Ich zog die Gardine beiseite, schaute auf die beleuchtete Stadt hinunter und wartete - wie immer. Er hatte angerufen, über Handy, hatte gesagt, er würde sich verspäten - wie immer. Ich versuchte, mich nicht zu ärgern, hätte ja gehen können. Doch wartete – wie immer und schaute weiter aus dem Fenster, sah interessiert, dass in dem Bürogebäude auf der gegenüberliegenden Straßenseite noch einige Räume hell erleuchtet waren. Im ersten Stock zog sich eine junge Frau gerade die Jacke über. „Feierabend", dachte ich, während sie das Licht löschte, das schwach beleuchtete Treppenhaus hinunterging und kurz darauf ein Büro im Erdgeschoss betrat. Auch dieser Raum war hell erleuchtet, ein Mann in Oberhemd und Krawatte saß am Schreibtisch. Als die junge Frau eintrat, stand auf, ging rasch zu ihr und zog sie in seine Arme. Sie küssten sich, leidenschaftlich. Die Szene versetzte mir einen Stich. „Auch ein Verhältnis", sagte mir mein Instinkt. Es lag an der Art, wie sie sich küssten. Sie hatten kein Zuhause, jedenfalls kein gemeinsames. Vermutlich warteten auf ihn Frau und Kinder, während bei ihr Daheim vielleicht ein ahnungsloser Ehemann vor dem Fernseher saß. So oder so ähnlich war es doch immer. Auf jeden Fall machten die beiden drüben keinerlei Anstalten sich voneinander zu lösen. Sie bemerkten auch nicht, dass sie beobachtet wurden. Tomas und ich waren da weitaus vorsichtiger. Besonders Tomas. Selbst hier oben, im vierten Stock, schloss er erst die Vorhänge, bevor er mich in die Arme nahm. Er rechnete immer damit, dass irgendwo jemand mit dem Fernglas stand ...

Die beiden gegenüber machten sich darüber offenbar keine Gedanken, begannen gerade sich gegenseitig zu entkleiden. Peinlich berührt schaute ich auf die Uhr. Eine halbe Stunde war um, es bestand also die Hoffnung, dass Tomas demnächst käme.

Gegenüber fuhr ein Taxi vor und eine elegant gekleidete Dame stieg aus. Sie wartete, bis die Taxe weiterfuhr, nahm etwas aus ihrer Handtasche, steckte es zügig in die Manteltasche – ein Taschentuch, vermutete ich - und wandte sich dem Eingang des Bürogebäudes zu. Mich überkam eine dunkle Ahnung, wohin diese Dame wollte. Fasziniert – und ein wenig neidisch – beobachtete ich, wie sie auf ihren hochhackigen Schuhen mit anmutigen Bewegungen zur Tür schritt. Alles an dieser Frau, die straffen Schultern, der gerade Rücken, ihr erhobener Kopf, drückte Selbstbewusstsein und Entschlossenheit aus. Oh je! Ich hätte den beiden Turteltauben gerne eine Warnung zukommen lassen, aus Solidarität sozusagen. Leider sah ich keine Möglichkeit einzugreifen. Die Ärmsten! Nun wäre es gleich vorbei mit der Gemütlichkeit. Das würde sicher eine nette Szene geben. Ganz kurz überlegte ich, ob es nicht an der Zeit wäre, mich diskret von meinem Beobachtungsposten zurückzuziehen. Aber die Neugierde siegte.

Mein Handy piepte. Eine SMS. „Wird noch etwas später, bin aber schon auf dem Weg." – „Wie immer", dachte ich genervt und wandte mich sofort wieder dem Geschehen gegenüber zu. Leider hatte ich den Auftritt der eleganten Dame verpasst. Die stand bereits mitten im Raum, drehte dem Mann und der jungen Frau – beide waren damit beschäftigt sich anzuziehen – taktvoll den Rücken zu. „Alle Achtung", schoss es mir bewundernd durch den Kopf, „die hat wirklich Stil!"

Würde Tomas' Frau sich ebenso souverän verhalten? Oder mein Mann, wie würde er in dieser Situation reagieren?

Inzwischen bahnte sich drüben offenbar ein Streit an,

jedenfalls sah es für mich so aus. Leider konnte ich ja nicht hören, was gesprochen wurde. Das war sicher auch ein Grund dafür, dass ich allmählich das Interesse verlor. Ich schaute in den Hafen hinüber, folgte den tanzenden Lichtern, die sich gemächlich über die Köhlbrandbrücke bewegten. Traurig hing ich meinen Gedanken nach und irgendwann wischte ich mir sogar ein paar vorwitzige Tränen von den Wangen. Trotzdem herrschte in meinem Kopf plötzlich eine Klarheit, die ich lange vermisst hatte. Das hatte ich sicher den Dreien von drüben zu verdanken. Auf einmal wusste ich, dass ich so nicht weitermachen würde. Ich würde mich nicht mehr für Schäferstündchen in irgendwelchen Hotels treffen. Ich würde nicht mehr lügen und betrügen, wollte kein schlechtes Gewissen mehr haben müssen. Um nichts auf der Welt wollte ich je selbst in eine so unwürdige Situation kommen! Sicher hatten die beiden drüben auch alles unternommen, um ihr Verhältnis geheim zu halten ...

Apropos – ich löste meinen Blick von den funkelnden Lichtern und schaute wieder hinüber ins Büro. Leider war niemand zu sehen. Wo waren die Drei geblieben? Das Büro war nach wie vor hell erleuchtet, es schien also noch jemand dort zu sein. Ich starrte hinüber, kniff die Augen zusammen, bemühte mich, im hinteren, dunkleren Teil des Raumes, etwas zu erkennen. Aber vergebens. Und plötzlich überkam mich so eine böse Ahnung. Ein Schauer lief mir über den Rücken und ganz automatisch griff ich nach meinem Handy. Doch wen sollte ich anrufen? Die Polizei? Die kamen kaum aufgrund einer bloßen Vermutung. Meinen Mann? Den würde sicher am meisten interessieren, was ich in dem Hotel zu suchen hatte. Und Tomas? Der hatte anderes mit mir vor, als in Bürogebäuden umherzuspionieren ...

Kurz entschlossen steckte ich das Handy in meine Handtasche und zog mich an. Unabhängig davon, was drüben geschehen sein mochte, war es das Beste zu gehen. Einmal musste Schluss sein!

Kurze Zeit später eilte ich auf das Bürogebäude zu. Ich hatte keine Ahnung, was genau ich dort wollte, folgte nur meinem Instinkt. Vor der Eingangstür atmete ich tief durch, griff nach der Klinke und zuckte zusammen, als im selben Augenblick die Tür von innen geöffnet wurde. Verdutzt stand ich der eleganten Dame gegenüber und für den Bruchteil einer Sekunde starrten wir uns misstrauisch an. Dann lief sie, ohne etwas zu sagen, an mir vorbei, Richtung Kanal. Ich blieb wie angewurzelt stehen und schaute ihr hinterher. Ich sah, dass sie einen dunklen Gegenstand in ihrer rechten Hand hielt. Sah, dass sie auf der Brücke stehen blieb, dieses Etwas ins Wasser warf. Ich sah auch, dass sie gehetzt weiterlief, ohne sich umzublicken. Aber ich tat nichts, war wie gelähmt, stand einfach nur da. Erst als ein Auto vorbeifuhr, löste ich mich aus meiner Erstarrung. Ich realisierte, was ich gesehen hatte: eine Pistole. Sie hatte eine schwarze Pistole in ihrer Hand gehabt!

Ich ließ die Türklinke los, drehte mich um und ging mit unsicheren Schritten fort; nicht zum Kanal, sondern in die entgegengesetzte Richtung. Ich ließ mich treiben, setzte mechanisch einen Fuß vor den anderen. Bis mein Handy klingelte. Es war Tomas, ich sah es am Display. Aber ich ging nicht ran, wollte nicht mit ihm sprechen. Ich wollte ihn nicht mehr wiedersehen. Nie mehr, ganz sicher!

Stunden später lag ich im Bett, Zuhause, neben meinem Mann. Ich konnte nicht schlafen. Immer wieder sah ich das hell erleuchtete, verlassene Büro vor mir und die Frage, was dort geschehen sein mochte, quälte mich entsetzlich. Doch erst am nächsten Morgen erhielt ich die Gewissheit: Sie waren tot! Es stand in der Zeitung, fett gedruckt, auf der ersten Seite: Doppelmord aus Eifersucht! Alle Einzelheiten über das Wie und Warum wurden berichtet, alles bis ins kleinste Detail beschrieben.

Ich war erschüttert! Wie sehr musste sich jemand gekränkt und gedemütigt fühlen, um solch eine schreckliche Tat zu begehen. Und die Frage, ob ich diese Tragödie hätte verhindern können, verursachte mir Übelkeit. Ich würde es nie erfahren, dieser Gedanke würde mich den Rest meines Lebens quälen.

Ich schaute zum Fenster hinaus, beobachtete die dahinziehenden Regenwolken. Die Polizei bat die Zeugin, die anonym aus einer Telefonzelle angerufen hatte, sich nochmals zu melden, sich für weitere Ermittlungen zur Verfügung zu stellen. Doch wozu? Es war nichts mehr zu ändern!

Ich schloss die Augen und sah sein Gesicht vor mir, wie eine Mahnung. Nein, ich konnte mich nicht melden, das durfte ich ihm nicht antun. Dann käme alles heraus, seine Frau würde alles erfahren. Und wozu? Die Toten würde es nicht wieder zum Leben erwecken und die Mörderin war ohnehin schon gefasst.

Es war also vorbei – alles war vorbei - und dabei sollte es auch bleiben!

UND PIA
LÄSST ALLES GESCHEHEN!

Die Sonne versinkt hinter Bäumen und Sträuchern, taucht die Umgebung in ein unwirkliches Licht. Genüsslich nehme ich einen tiefen Zug von der Zigarette. Ich fühle mich rundherum wohl, habe nichts mehr zu verlieren. Im Licht der untergehenden Sonne schaue ich mich um. Hier werde ich alles hinter mir lassen, heute Nacht. Ich werfe den Rest der Zigarette zu Boden, zermalme die Kippe mit meinen dicken Stiefeln. Genauso hat man auf mir herumgetrampelt, auf meinen Gefühlen, auf meiner Seele. Doch ich konnte mich wehren. Ich ziehe die Waffe aus meiner Jackentasche, lege sie neben mich auf die Parkbank und streiche sanft mit den Fingern über den Schaft. Das Mondlicht bahnt sich allmählich seinen Weg durch Äste und Zweige und lässt das Wasser des kleinen Tümpels silbern funkeln. Die Kapelle schräg gegenüber scheint wie ein verwunschenes Schloss. Ich bin zufrieden. Dies ist ein würdiger Ort für den letzten Akt einer großartigen Inszenierung. Vielleicht empfinde ich auch nur so, weil ich früher oft hier war, mit meiner Frau und unserem kleinen Sohn. Wir liebten diesen riesigen Friedhof, machten häufig Sonntagsausflüge hierher. Philipp, unser Sohn, wollte immer zum alten Wasserturm und meine Frau spazierte gerne zu den verschiedenen Teichen. Mich zog es meist zu der wunderschönen, alten Kapelle 3, genau der, die jetzt gegenüber, im gleißenden Mondlicht erstrahlt. Mein Spukschloss eben ...

Bis Mitternacht sitze ich auf der Bank, philosophiere über Gott und die Welt - und mein bisheriges Leben. Dann wird es Zeit etwas zu tun. Die Friedhofspforten sind seit 21.00 Uhr verschlossen, ich gehe davon aus, dass ich der einzig lebende

Mensch auf diesem riesigen Areal bin. Der Gedanke ist ein wenig beklemmend, trotzdem fühle ich mich so gut, wie seit Langem nicht mehr. Tatkräftig strecke ich mich und mache mich dann auf den Weg, die Sachen aus dem Auto zu holen.

Der Mond weist mir den Weg zwischen den Gräbern hindurch. Das ist gewöhnungsbedürftig, mitten in der Nacht. Aber ich bin weder sehr ängstlich noch bin ich abergläubisch. Pia ist da ganz anders! Sie ist schrecklich ängstlich - und irgendwie zaghaft. Allerdings sie war nicht zaghaft, als sie mich verführte, mich von Frau und Kind fortlockte. Sie war auch nicht zu zaghaft, mich später zu betrügen, mit diesem Fatzke von der Versicherung. Seelenruhig schaute sie zu, wie meine heile Welt zusammenbrach.

Ich bekomme keine Luft, eine eiserne Hand legt sich um mein Herz. Ach, meine Pia, die wundervollste, schönste, betörendste, intelligenteste Frau der Welt hat mich betrogen, mich eiskalt hintergangen, meine Gefühle mit Füßen getreten, meine Liebe verschmäht ...

Es ist 3.30 Uhr und mir ist kalt, trotz aller Anstrengung. Die Erde liegt hart und feucht auf der Schaufel, ist schwer zu bearbeiten. Ich stütze mich einen Moment auf, atme tief durch und begutachte mein Werk: ein Erdloch zwischen Birke und Rhododendron. Das Blau des großen Müllbeutels - eine eigene Anfertigung - glänzt im Mondschein, ein hübscher Kontrast zum silbernen, glitzernden Wasser des Teiches.

Meine Hände schmerzen, ich habe Blasen und ich bin müde. Die ungewohnte körperliche Anstrengung macht mich fertig, aber ich halte durch! Schließlich lege ich die letzte Grassohle auf die lockere Erde, trete den Rasen vorsichtig fest und bin zufrieden. Das Werk ist vollbracht. Nichts lässt mehr darauf schließen, dass an dieser Stelle ein tiefes Loch klaffte, dass ich an dieser Stelle eine „schwere Last" zu Grabe getragen habe.

Die Sonne geht langsam auf, Vögel zwitschern und vermitteln mir ein Gefühl von Leichtigkeit - obwohl sich das schwer mit der Waffe auf meinem Schoß vereinbaren lässt. Ich nehme sie in die Hand, betrachte sie von allen Seiten. Dieses Ding hält mich fest in seinem Bann und es erstaunt mich, was für eine magische Wirkung ein todbringender Gegenstand ausüben kann. „Diese Waffe ist wie eine Frau", schießt es mir durch den Kopf, „schön, betörend und dämonisch zugleich". Ach, meine Pia ...
Schließlich werfe einen letzten prüfenden Blick auf mein Werk. Ich bin zufrieden. Ich falte sogar meine Hände und murmele ein kurzes Gebet. Dann packe ich meine Sachen zusammen und mache mich auf den Weg zum Wagen. In knapp einer halben Stunde werden die Pforten des Friedhofs wieder geöffnet - für mich der Übergang in mein neues Leben. Ein Leben, in dem mir nichts und niemand mehr im Wege steht.

Leise betrete ich die Wohnung, höre Pias Weinen bereits auf dem Flur. Mein Herz macht einen Satz vor Freude, doch ich beherrsche mich, gehe gesetzten Schrittes in das Wohnzimmer. Pia hebt den Kopf, schaut mich an. Ihre sonst so schönen großen Augen sind rot und geschwollen. Schade drum. Ich heuchle Erstaunen, frage, was denn los sei. Pia reicht mir wortlos einen Brief. Ein Abschiedsbrief von dem Fatzke - welch eine Überraschung! Mit spitzen Fingern halte ich das

Papier in der Hand, lasse meine Augen darüber gleiten. Ich brauche nicht zu lesen, kenne jedes Wort, könnte den Inhalt mit geschlossenen Augen wiedergeben, so oft habe ich an den Formulierungen gefeilt. Und der Erfolg gibt mir recht, der Brief ist grandios. Pia scheint felsenfest überzeugt, dass ihr Geliebter sie verlassen hat, dass er sie nie wieder sehen will, dass er eine andere Frau liebt.

Die Arme! Ich nehme sie in die Arme und tröste sie. Ich streiche ihr übers Haar, über die Schultern, über den Rücken. Ich presse sie eng an mich, nehme sie hoch, trage sie zum Sofa. Und Pia lässt alles geschehen. Ich sage ihr, dass ich sie liebe, dass ich immer für sie da sein werde, dass ich sie niemals verlasse, ihr nie wehtun werde. Und Pia lässt alles geschehen. Ich küsse sie, streichle sie überall, erst sanft, dann immer leidenschaftlicher. Und Pia lässt alles geschehen. Ich öffne ihre Bluse, streife ihren Rock nach oben. Und Pia lässt alles geschehen. Für Pia ist eine Welt untergegangen, ich kenne das. Doch jeder Untergang kann auch der Beginn zu etwas Neuem, vielleicht Besserem, sein. Natürlich muss man etwas dafür tun, etwas riskieren, hart daran arbeiten. Ich habe das erkannt und auch Pia wird es so sehen, bald, mit meiner Hilfe. Ich werde dafür sorgen. Und ich werde dafür sorgen, dass Pia auch weiterhin alles geschehen lässt!

BIS DASS
DER TOD EUCH SCHEIDET!

Der Wagen schoss über die eisglatte Chaussee. Angespannt kniff Holger B. seine Augen zusammen, als könne er so die Dunkelheit besser durchdringen. Seine langen, schlanken Hände umklammerten das Lenkrad. Bäume, Straßenschilder, Laternen, alles raste schemenhaft an ihm vorbei. Doch nichts konnte ihn veranlassen, sein Tempo auch nur etwas zu drosseln. Erst wenige Meter vor einer scharfen Linkskurve schaltete er einen Gang hinunter. Als sein Wagen trotzdem ins Schlingern geriet, lenkte er ruhig und besonnen gegen. Nur ein kräftiges Ausatmen deutete auf eine kurze Anspannung hin. Ansonsten fuhr er mit unbeteiligtem Gesicht weiter, trat das Gaspedal erneut durch und raste unaufhaltsam dahin. Bis zu einem großen Waldgebiet. Dort drosselte er die Geschwindigkeit, bog auf einen einsam gelegenen Parkplatz ab. Im Schritttempo lenkte er den Wagen in den entlegensten Teil hinter zwei wuchtige Büsche. Dort stoppte er den Wagen, ließ aber den Motor laufen. Minutenlang starrte Holger B. ins Leere. Schließlich drehte er sich langsam um, schaute auf die Rücksitzbank. Im Zeitlupentempo, wie unter einem Zwang, streckte er die Hand aus, griff nach der karierten Wolldecke, strich eine Falte heraus, fuhr mit einer flüchtigen Handbewegung über den Rest der Decke und drehte sich dann abrupt zurück. Er stellte den Motor ab, legte die Hände auf das Lenkrad, lehnte seinen Kopf gegen die Kopfstütze und schloss die Augen. Im Wagen herrschte Totenstille ...

Die Polizei hatte den Tatort weiträumig abgesperrt. Überall wimmelte es von Uniformierten, die geschäftig hin und her liefen. Blitzlichter und die grellen Scheinwerfer diverser Reporter und Kamerateams verliehen dem Ganzen einen

Hauch gespenstischer Heiterkeit. Erst als der schwarze Sarg durch die Menge getragen wurde, kehrte für einen kurzen Moment Stille ein.

Für die Kriminalbeamten gab es keinerlei Zweifel, dass es vorsätzlicher Mord war. Laut Ausweis handelte es sich bei der Toten um Diana B., fünfunddreißig Jahre alt. Man hatte sie erschossen, beim Verlassen des Hauses, fünf Schüsse direkt in den Brustkorb. Nach Angaben des Arztes war sie auf der Stelle tot. Zeugen für das Verbrechen gab es offenbar keine. Einen wesentlichen Hinweis brachte erst die Befragung der Hausbewohner. Nach deren Angaben war die Tote nämlich häufiger Gast eines allein stehenden Herren im zweiten Stock. Sein Name war Johannes R., wie die Polizei schnell ermitteln konnte.

Herr R. machte kein Geheimnis daraus, dass er seit eineinhalb Jahren ein Verhältnis mit Frau B. hatte. Die beiden trafen sich jeden Montagabend zwischen 18.00 und 22.00 Uhr in seiner Wohnung. Dass die Tote verheiratet war, lag für die Beamten bei dieser Art von Arrangement auf der Hand, das war Berufserfahrung. Und dass der Ehemann als Täter in die engere Wahl kam, war eine logische Schlussfolgerung. Die Auskunft des Herrn R., Frau B. wäre zudem schwanger gewesen und hätte vorgehabt sich von ihrem Mann zu trennen, untermauerte diese Vermutungen zusätzlich.

Der Fall schien für die Kriminalbeamten so gut wie abgeschlossen, als sie eine knappe Stunde später gewaltsam in das Haus der Familie B. eindrangen. Bereits in der Diele lag der obligatorische Abschiedsbrief bereit, dessen Inhalt alle bisherigen Thesen bestätigte. Was die Ermittler allerdings sehr beunruhigte, war die Tatsache, dass Herr B. in dem Brief nicht nur den Tod seiner Frau und seinen eigenen, sondern auch den Tod des gemeinsamen Sohnes ankündigte!

Zügig durchsuchten die Beamten jede Ecke und jeden Winkel des Hauses, gingen jedem noch so kleinen Anhaltspunkt nach. Experten der Spurensicherung fanden heraus, dass der kleine Junge, vier Jahre war er alt, von seinem Vater einen Drink aus Schlafmitteln bekommen haben musste. Wie viel, und ob der Junge noch lebte, konnte niemand sagen. Die Beamten arbeiteten fieberhaft, ließen nichts unversucht, um Vater und Sohn ausfindig zu machen. Aber die Zeit verstrich und alle, die bereits mit derartigen Fällen zu tun hatten, wussten, je länger die Suche dauerte desto unwahrscheinlicher war es, die beiden lebend zu finden.

Seit Stunden saß Holger B. mehr oder weniger reglos in seinem Wagen, in dem es inzwischen empfindlich kalt geworden war. Er registrierte dies nur am Rande. Es war nicht wichtig. Nichts war mehr wichtig. Sein Leben war zerstört. Sie hatte alles kaputt gemacht, alles ruiniert. Liebe, ein großes Wort. Sie waren verheiratet! Wie konnte sie da sagen, sie liebe einen anderen Mann? Wie konnte sie es fertigbringen ihn zu betrügen? Wie konnte sie ihm sagen, sie erwarte ein Kind von einem anderen? Gequält wischte Holger B. sich mit der Hand über das Gesicht, warf einen kurzen, prüfenden Blick über die Schulter zur Rücksitzbank. Wie konnte sie das ihrem kleinen Sohn antun? Wollte sie dem Kleinen einen neuen Vater vorsetzten, einfach so, ganz nebenbei? Hatte sie tatsächlich geglaubt, er würde sich das gefallen lassen? Hatte sie wirklich geglaubt, sie könne ihm seinen Sohn wegnehmen? Wütend biss er die Zähne zusammen.

Niemals würde er den Tag vergessen, an dem er sie zum ersten Mal gesehen hatte. Sie war so schön damals, so lieb, zart und anschmiegsam ... Er dachte, alles würde immer so bleiben. Er dachte, sie würden miteinander alt werden. Sie hatten es sich versprochen, damals in der Kirche, bis dass der Tod ...

Wie also konnte sie ihm sagen, sie liebe einen anderen? Eineinhalb Jahre lang hatte sie ihn betrogen. Eineinhalb Jahre Lug und Trug! Und er Idiot hatte ihr vertraut. Hatte geglaubt, sie wäre mit ihrer besten Freundin beim Squash, jeden Montagabend.

Ein Auto fuhr auf den Parkplatz. Verschwommen sah Holger B. die Scheinwerfer durch die beschlagenen Scheiben. Er duckte sich, legte sich quer auf den Beifahrersitz, obwohl er eigentlich wusste, dass er hinter den Büschen kaum zu sehen war. Trotzdem lauschte er angespannt, und als die Geräusche sich entfernten, atmetet er erleichtert auf. Er richtet sich wieder auf, kurbelte das Seitenfenster hinunter und erhaschte noch einen kurzen Blick auf das davonfahrende Auto. Ein Streifenwagen, genau, wie er befürchtet hatte. Vermutlich suchten sie ihn! Fröstelnd schloss er das Fenster, legte seine Hände locker auf das Lenkrad zurück. Im schwachen Licht des Mondes glänzte sein Ehering und sofort schweiften seine Gedanken wieder zu ihr. Warum das Ganze? Hatte er etwas falsch gemacht? War sie nicht glücklich mit ihm gewesen?

„Es ist einfach passiert. Ich hab' mich verliebt, ich kann nichts dafür", hatte sie erklärt. Wer, wenn nicht sie, konnte dann etwas dafür? Er vielleicht oder ihr kleiner Sohn? Liebe, alles nur Lüge! Aus Liebe wollte sie nun einem anderen Mann ein

Kind schenken. Das war doch nicht in Ordnung! Darüber hätte er gut mit ihr diskutieren können. Aber sie wollte nicht reden, über nichts. Sie wollte nur fort, so schnell wie möglich. Fort zu dem anderen Mann. Mit ihrem Sohn! Das konnte er doch nicht zulassen!

Die Morgendämmerung brach herein, als der Wagen sich in Bewegung setzte und den Parkplatz verließ. Die Straße war immer noch glatt, kaum geeignet für eine hohe Geschwindigkeit. Doch Holger B. war das egal. Ein entrücktes Lächeln auf den Lippen, die Hände mit eisernem Griff am Lenkrad, trat er unbeirrt das Gaspedal durch. Nur einmal drosselte er für einen kurzen Moment das Tempo, warf einen besorgten Blick in den Spiegel, schaute zur Rücksitzbank. Die karierte Wolldecke war verrutscht. Trotzdem stoppte er nicht, sondern hantierte mit einer Hand herum, redlich darum bemüht, die Decke wieder während der Fahrt zu glätten. Am Ende strich er noch einmal mit einer zarten Bewegung über den weichen Stoff. Dann nahm sein Gesicht einen harten, entschlossenen Ausdruck an. Die Zähne fest aufeinander gepresst, gab Holger B. Gas. Mehr und mehr beschleunigte er das Tempo, immer schneller preschte der Wagen über die Fahrbahn. Mit halsbrecherischem Tempo hielt er direkt auf eine wundervolle, alte Buche zu.
Es war schnell vorüber. Die Wucht des Aufpralls zersprengte den Wagen in mehrere Teile. Dampf stieg in die kalte Luft, Benzin und Motoröl ergossen sich über die gefrorene Fahrbahn. Krachend brach ein dicker Ast vom Baumstamm, fiel mit Getöse auf die Überreste der Motorhaube. Danach war es ruhig, alles schien erloschen. Die aufgehende Sonne

tauchte die Unfallstelle in ein gleißendes, unheimliches Licht. Und mitten in dieses Licht hinein stolperte ein kleiner Junge mit unsicheren Schritten den Straßenrand entlang. Blut rann aus einer Platzwunde an seinem Kopf, die Kleidung hing ihm in Fetzen vom Körper, Tränen liefen über seine Wangen und mit einer Hand zog er eine zerrissene, karierte Wolldecke hinter sich her.

Der Fall B. war erledigt, die Akte konnte geschlossen werden.

Für die Kriminalbeamten war es ein schneller Erfolg, ein aufgeklärter Mord in der Statistik.

Für die Medien war es eine großartige Schlagzeile, ein furchtbares Familiendrama.

Und für den kleinen Jungen ...

ROTE SCHNÜRSENKEL

Die Anzeige springt um, noch drei Minuten bis zur Abfahrt. Ich schaue mich um, bin müde. Der Bahnsteig ist leerer als sonst, man merkt, es sind Ferien. Trotzdem sehe ich bekannte Gesichter. Auch sie ist da, hat vielleicht keine Kinder. Wie jeden morgen steckt sie sich eine Zigarette an. Ich mag keine Raucher. Die schmeißen immer die halbe Zigarette vor die einfahrende Bahn. Eine schreckliche Unart, überall liegen Kippen herum. Und sie ist auch eine von denen, nimmt noch schnell einen Zug und dann schnipp – liegt die Zigarette unter der Bahn.

Ich finde, sie ist nervös heute, wippt ungeduldig mit dem Fuß. Der Schnürsenkel ihres Turnschuhs bewegt sich rhythmisch auf und ab. Blaue Turnschuhe, rote Schnürsenkel, interessant in dem Alter, vermutlich so um die vierzig. Irgendwie fällt sie auf und sei es nur durch ihr Husten. Manchmal hustet sie so heftig, dass sie ein Spray nimmt. Asthma, vermute ich. Macht Sinn trotzdem zu rauchen ... Na ja, ist mir egal. Sie ist mir egal. Ich glaube, ich mag sie nicht.

Jetzt schaut sie umher als suche sie etwas. Sie dreht sich in meine Richtung, schaut mich an. Ich kann ihren Blick nicht deuten, will sie etwas von mir? Ach Blödsinn, wir kennen uns nicht, was könnte sie von mir wollen. Ich wende meine Aufmerksamkeit der Anzeige zu – noch eine Minute – und schaue auf die Gleise. Aber aus dem Augenwinkel kann ich sie sehen; sehen, wie sie herumzappelt. Absolut nervig am frühen Morgen.

Die Gleise surren, die Bahn kommt. Ich trete einen Schritt zurück, steh' nicht gern so dicht an der Bahnsteigkante.

Sie geht einen großen Schritt vorwärts, einen kleinen zurück, strauchelt zur Seite. Hat sie getrunken?

Die Lichter der Bahn werden größer, kommen schnell näher.

Sie tritt wieder vor, schnippt die Zigarette auf das Gleis. Um mich herum entsteht Bewegung, jeder will zuerst einsteigen, einen Sitzplatz ergattern.

Bremsen quietschen ohrenbetäubend – und plötzlich Totenstille. Sekundenlang Schweigen, bis ein Aufschrei durch Mark und Bein geht. Kreischen, Schreie und Hilferufe schwingen durch die Luft, machen sich auf dem Bahnsteig selbstständig. Menschen laufen hin und her, andere halten sich die Hände vors Gesicht, ein junges Mädchen bricht weinend zusammen. Ich will nicht verstehen, will nichts wissen von dem, was passiert ist. Wie angewurzelt stehe ich auf einem Fleck, starre auf meine Füße. Pumps haben keine Schnürsenkel ... Ein junger Mann weckt mein Interesse. Er hantiert an den Knöpfen der Notrufsäule, schreit das orangene Monster böse an.

Ich möchte, dass er leiser spricht, will das nicht hören, halte meine Ohren zu. Plötzlich läuft er plötzlich zur Bahnsteigkante und springt hinunter. Er verschwindet aus meinem Blickfeld, aber nur kurz. Dann taucht er wieder auf. Er hält den blauen Turnschuh wie eine Trophäe in der Hand, der rote Schnürsenkel hängt schlaff herab.

Mir ist übel, ich muss mich übergeben. Meine Beine sind wie Gummi, aber mein Kopf ist hellwach vor Wut und Hilflosigkeit. Das darf nicht sein! Das ist nicht fair! Ich wollte nur zur Arbeit fahren! Warum? Ich denke an ihren Blick. Hätte ich etwas tun können? Hätte ich es verhindern können?

Ich muss mich erneut übergeben, beschmutze den Pumps ohne Schnürsenkel ...

Ich habe im Radio gehört, dass sie es überlebt hat, schwer verletzt, aber immerhin. Der Fahrer der U-Bahn liegt mit einem Schock im Krankenhaus. Einige Fahrgäste mussten von Notärzten behandelt werden.

Ich bin den Rest der Woche mit dem Auto zur Arbeit gefahren. Jetzt gehe ich wieder die Treppe hinauf zu Gleis eins. Ich stelle mich an meinen Stammplatz, sehe hinauf zur Anzeigentafel – noch drei Minuten – und blicke zu dem Mann im grauen Anzug. Zu dem, der jeden Morgen sein Brot aus dem Rucksack nimmt und mit drei Bissen alles verschlingt. Ich schaue also zu ihm hinüber und als er mich ansieht, zögere ich - nur einen kurzen Moment - dann lächle ich, nicke ihm zu und sage freundlich „Guten Morgen".

REALITY!

Die alte Dame wedelte aufgeregt mit dem Stock durch die Luft. Keine Frage, das galt mir, aber ich hatte keine Lust mehr. So trat ich das Gaspedal durch und musste im nächsten Augenblick eine Vollbremsung machen.

„Sind Sie verrückt geworden?!", schrie ich, während ich aus dem Wagen sprang. „Sie können doch nicht einfach auf die Straße hüpfen!"

„Hat doch geholfen, junger Mann", zwinkerte die alte Dame mir zu, wobei ihre tiefblauen Augen lustig funkelten. „Würden Sie mir jetzt bitte in den Wagen helfen?"

Ich spürte, dass hier jede Form von Widerstand zwecklos war, ergab mich in mein Schicksal und half der alten Dame, die sich nun schwer auf ihren Stock stützte, ins Auto.

„Wohin soll's denn gehn?", fragte ich mürrisch.

„Erst mal geradeaus. Ich melde mich, wenn wir abbiegen müssen."

Das hatte mir noch gefehlt – eine Fahrt ins Blaue und das nach Feierabend! Ich schaute in den Rückspiegel und blickte in zwei tiefblaue Augen, die mich amüsiert anfunkelten. Diese Augen passten überhaupt nicht zu dem alten, zerfurchten Gesicht.

„Übernächste Ampel bitte rechts, junger Mann."

„Alles klar", brummte ich und bog also an der genannten Ampel rechts ab.

„Weiter geradeaus, bitte", wurde ich vom Rücksitz höflich angewiesen.

Rechts, links, rechts, links, es ging immer so weiter, bis irgendwann der Wald vor uns lag. Dort wollte ich nun aber wirklich nicht mehr umherirren. Entschlossen lenkte ich den Wagen an den Straßenrand und hielt an.

„Gute Frau, wenn Sie mir jetzt nicht verraten, wohin die Fahrt geht, dürfen Sie aussteigen und zu Fuß weitergehen," wandte ich mich an meinen Fahrgast.

„Aber, aber, junger Mann", schüttelte die alte Dame den Kopf. „Sie werden mich doch hier nicht aussetzten wollen! Sehen Sie dort vorne die alte Kastanie?", und mit Schwung sauste die Spitze ihres Stocks knapp an meinem Kopf vorbei, gegen die Windschutzscheibe. „Dort biegen wir links ab und dann sind wir fast am Ziel."

Misstrauen wäre sicher angebracht gewesen, aber die alte Dame saß schon wieder da, als könne sie kein Wässerchen trüben. Einzig ihre tiefblauen Augen funkelten mich geheimnisvoll an.

„Auf in den Wald."

Ich zuckte resigniert mit den Schultern und fuhr weiter.

„An der Blockhütte können Sie halten, junger Mann. Wenn Sie mir dann noch die Treppen hinauf helfen ..."

Ich atmete durch. Das war geschafft! In Zukunft würde ich einen Riesenbogen um alte Damen machen, das stand fest. Nun galt es nur noch, diese Nervensäge schnell los zu werden.

Ich begleitete sie die Treppen hinauf und während sie in ihrer ausgebeulten Handtasche nach dem Schlüssel kramte, schaute ich mich um. Was wollte die Alte mutterseelenallein in dieser Einöde?

„Kommen Sie herein, junger Mann, setzen Sie sich dort auf den Stuhl. Ich will kurz Ihr Geld zusammensuchen."

Erneut wühlte die alte Dame in ihrer Handtasche herum - und plötzlich starrte ich in die Mündung einer schwarzen Pistole.

„Hab' ich nicht gesagt, Sie sollen sich dort auf den Stuhl

setzen?", tadelte die Alte mich und fuchtelte mit der Waffe vor meinem Gesicht herum.

Klar tat ich, was sie verlangte. Ich war vor Schreck so benommen, dass ich mich praktisch ohne Gegenwehr von ihr an Händen und Füssen fesseln ließ. Unglaublich, wie flink und geschmeidig sich die Alte auf einmal, ganz ohne ihren Stock, bewegte.

„Passen Sie auf, junger Mann, wir spielen jetzt ein kleines Spiel: Es geht um eine Art Beichte. Drei Dinge möchte ich von Ihnen hören, die Sie in den letzten drei Monaten angestellt haben und die, zumindest moralisch gesehen, verwerflich waren. Ich gebe Ihnen genau fünf Minuten Zeit zum Überlegen."

Ich hatte es geahnt: Die Alte war verrückt! Aber nun war es zu spät für derlei Erkenntnisse. Ich steckte verdammt in der Klemme! Und die alte Dame schaute bei all dem wie ein Unschuldslamm aus der Wäsche. Ob die überhaupt wusste, was sie tat? Würde sie wirklich schießen? Irgendwie musste ich diese absurde Aufgabe meistern und dann nichts wie weg! Hoffentlich ...

Als die Eieruhr klingelte, brach bei mir der Schweiß aus.

„Nun, junger Mann, wie sieht es aus", säuselte die alte Dame mir ins Ohr, „kann es losgehen?"

„Was passiert, wenn mir nichts eingefallen ist?", fragte ich zaghaft.

„Es täte mir unendlich Leid, müsste ich Ihnen wehtun. Wenn es aber nicht anders geht ...". Langsam spannte die Alte den Hahn am Abzug.

„Hören Sie auf", flehte ich, „ich weiß ja etwas!"

„Ich höre ..."

„Bei der Trennung von meiner Frau hab' ich ein bisschen Bargeld von unseren Konten abgezweigt", presste ich zwischen den Lippen hervor, und ergänzte schnell: „Sie hat mich aber auch mit einem anderen Kerl betrogen."

Die Alte versetzte mir einen Knuff mit der Pistole. „Weiter", sagte sie trotzdem sanft.

„Ich mache mindestens drei Mal die Woche nach Feierabend noch eine Tour mit dem Taxi auf eigene Rechnung."

War es das, was sie hören wollte? Unsicher blickte ich die Alte an, die mir nur spitzbübisch zublinzelte.

„Und, weiter?", fragte sie, ging einige Schritte zurück, hob die Pistole, zielte und eh ich mich versah, hallte ein ohrenbetäubender Knall durch den Raum.

Sie hatte es getan! Sie hatte auf mich geschossen! Zwischen meinen Beinen wurde es warm. Feuchtigkeit rann die Innenseite meiner Hosenbeine hinunter. Getroffen!

„Keine Angst, junger Mann, die Kugel steckt im Boden vor Ihren Füßen. Das, was Sie zwischen Ihren Beinen fühlen, ist ganz sicher kein Blut."

Ich schaute hinab zu der Pfütze, die sich zwischen meinen Füßen gebildet hatte. Peinlich!

Die alte Dame lachte vergnügt und fuchtelte wieder mit der Pistole umher.

„Weiter, junger Mann, sonst ziele ich etwas höher."

Ich hatte furchtbare Angst! Was um Himmels willen sollte ich erzählen? Es gab nichts mehr. Außer vielleicht ... Ich zögerte noch eine Weile und dann sprudelte es aus mir heraus: „Letzte Woche hab' ich wieder in geklauter Damenunterwäsche und mit 'ner Marilyn-Monroe-Perücke ein duftendes Schaumbad genommen. Sind Sie jetzt zufrieden?"

Die Alte prustete los und verließ laut lachend den Raum.
Ich blieb zurück, gedemütigt, zitternd, ängstlich. Die war
verrückt, ganz sicher!

Motorengeräusche ließen mich aufschrecken. Haute die Alte
jetzt etwa mit meinem Taxi ab? In einem Anflug von Wut und
Verzweiflung versuchte ich, mich von den Fesseln zu befreien.
Doch plötzlich flog die Tür auf und eine Horde Menschen
stürmte lachend auf mich zu. Einige klopften mir auf die
Schultern, andere lösten meine Fesseln und eine junge Frau mit
leuchtenden, tiefblauen Augen legte mir sanft lächelnd eine
Decke über die Beine. Innerhalb kurzer Zeit durchflutete
grelles Licht den Raum. Ein Mann kniete mit einer Kamera vor
mir nieder und machte eine Nahaufnahme von meinem
Gesicht. Währenddessen legte mir ein anderer Mann einen
geöffneten Aktenkoffer auf den Schoss. Es war, als würde ich
träumen. Der Koffer war voll mit Geldscheinen! Noch nie in
meinem Leben hatte ich so viel davon auf einem Haufen
gesehen.
„Was ist hier los?", stammelte ich schließlich. „Was soll das
alles?"
Die junge Frau mit den tiefblauen Augen trat lächelnd auf mich
zu.
„Sie haben gerade einhunderttausend Euro gewonnen, junger
Mann. Sie waren unser erster Zufallskandidat in der neuen
Reality-Show „Sag die Wahrheit".
Küsschen links, Küsschen rechts; Händeschütteln und, und,
und; diese Augen, dieses Lächeln! Ich wusste doch gleich, mit
der Alten stimmte etwas nicht. Einhunderttausend Euro für
einmal in die Hose pinkeln ...

**Nicht nur einen Tod gibt es.
Der uns dahinrafft ist nur der letzte.**

Lucius Annaeus Seneca

VIELEN DANK
FÜR HILFE, GEDULD
UND ERMUTIGUNG

an

Iris und Harald.